수능 예언
문제집

창 비
청소년
시 선
32

수능 예언
문제집

함기석 시집

창비

차
례

제1부
엘리베이터는
멈추지 않고

모의고사 보는 날

오전 8시, 마시면 배탈 설사 나는 흰 우유 같고

오전 9시, 시험지는 이상하고 커다란 글자의 늪 같고

오전 10시, 문장들은 끊어지지 않는 길고 매운 쫄면 같고

오전 11시, 아는 문제 하나 없어 텅 빈 운동장만 쳐다보고

아아 12시, 햇살은 선인장 가시처럼 살을 콕콕 찌르고

오후 1시, 난 창가에 널려 빼빼 말라 가는 멸치 같고

오후 2시, 넌 졸리고 지쳐 하품하는 입 큰 영국 하마 같고

오후 3시, 우린 빈혈을 앓는 환자처럼 하늘땅 뱅뱅 돌고

오후 4시, 끝났지만 영원히 끝나지 않을 전쟁 같다

영어 시간

펼쳐 놓은 영어책이 잔물결처럼 일렁이더니
책에서 작은 물고기 한 마리가
펄쩍 튀어 올랐다가는 다시 책 속으로 사라진다

졸린 눈을 비비고 양손으로
뺨을 탁탁 치고는 책을 본다
다시 물결이 일렁이더니 물안개가 짙게 깔린다

책 속에서 파도 소리 들린다
파도와 함께 조금 큰 청새치가 튀어 올랐다가
바닷속으로 금세 사라진다

저 멀리 안개 속에 사람 얼굴 닮은 섬이 보인다
섬 뒤로 해골 깃발 해적선이 지나가고
파도에 낡은 뗏목이 떠밀려 온다

뗏목에 흰머리 노인이 쓰러져 있다
너덜너덜 찢긴 옷이 바람에 펄럭이고

얼굴도 팔뚝도 등도 햇볕에 타 구릿빛으로 빛난다

노인은 마른침을 삼키며 힘겹게 말한다 물! 물!
나는 얼른 주변을 둘러보지만
노인에게 던져 줄 어떤 물통도 보이지 않는다

나도 부표 같은 작은 책상에 묶여
노인처럼 망망대해를 아슬아슬 떠다니는 중이다
그때 뗏목 뒤편에 고래가 나타나
하늘 높이 힘차게 분수를 뿜어 올린다

세차게 쏟아지는 물줄기에 정신을 차린 노인이
비쩍 마른 턱을 움직여 내게 묻는다
너도 표류 중이니? 며칠째야?

대답 대신 노인의 눈을 바라본다
깊고 슬픈 우물 같다 소금기 머금은 바닷바람이
물소의 혀처럼 내 얼굴을 핥고 지나가고

노인은 뗏목에서 내리더니 비틀비틀
섬의 숲으로 사라진다

백사장엔 노인의 발자국이 푹푹 찍히고
수면 위로 물고기들 튀어 오른다
물고기들은 모두 색색의 비늘로 덮인 알파벳 모양이다
서서히 안개가 걷히기 시작하고

내 눈꺼풀에 올라앉은 무거운 수평선과 구름이
공중으로 천천히 떠오른다
파도가 차츰 가라앉으면서 물결 따라 일렁이던
영어책이 희미하게 보인다

물개 동물원

공개 수업 시간이다
교실에 물개 서른세 마리가 앉아 있다
햇살이 가는 철사처럼 내리는 창가
제일 뒷자리의 덩치 큰 불량 물개인 나도
오늘은 봄 햇살처럼 얌전하다
완두콩꽃이 핀 시커먼 화분처럼 창가에 앉아서
가끔씩 물개 박수를 쳐 준다

자, 이번엔 두호가 대답해 볼까?
세포는 왜 분열을 하지?
나는 의자를 밀치며 꾸물꾸물 일어나서
열받으니까요! 세포 크기가 커지면
부피가 커지는 만큼 표면적이 늘어나야 하는데
안 늘어나요 그럼 세포가
필요한 물질을 흡수하거나 노폐물을 배출하기 어려워요
그래서 세포가 자기한테 열받는 거죠
그래서 분열하는 겁니다!
선생님은 능숙한 조련사처럼 매우 흡족해한다

수업 시간 내내 복도 유리창으로
머리들이 둥둥 떠다닌다
어떤 머리는 눈만 달렸고
어떤 머리는 뽀글뽀글하다
우린 딱 오늘만 최고 모범적인 반으로 보이기로 짰다
물론 공개 수업을 보러 온 엄마들도
우리가 짰음을 모르는 척 눈감아 주기로 짰을 것이다
선생님은 잘했다며 가끔 생선님을 던져 주고
엄마들은 잘 받아먹는다며 킥킥킥 웃고

사과나무

카페 사과나무에서
애플파이에 쓴 커피를 마시며 기다린다
사과나무에 사과나무는 없고 벽마다
유명한 말들이 걸려 있다

내일 지구의 종말이 올지라도
나는 한 그루 사과나무를 심을 것이다
— 스피노자

스피노자?
처음 들어 보는 이름인데 왠지 호감이 간다
이름에 피자가 들어 있으니까

유리창에 빨간 알전구 달린
사과나무 간판의 ㅏ가 떨어져 나가서
나는 지금 사고나무에서
내일 학교에 심을 한 그루 사고나무를 상상 중이다

근데 오늘따라 과외 선생님은
왜 이리 늦으시나
오시다가 터널에서 또 접촉 사고가 났나
아님 지난주에 돌아가신 작은아버지가 또 돌아가셨나

내일 지구의 종말이 오면
어른들이여, 새빨간 사과나무는 그만 심으시고
우리한테 그동안 뻥쳐서 미안했다는
사과나무나 한 그루 심으시지

카페 사과나무에 사과는 없고
주둥아리만 주렁주렁

입은

수도꼭지다
말은
입에서 흘러나오는 물

어떤 수도꼭지에선
맑은 물 대신
새빨간 녹물이 콸콸 쏟아진다

턱걸이

저녁 해가
지평선에 목을 걸고

밑으로 떨어지지 않으려고
바들바들 떤다

다리를 오징어처럼 배배 꼬고
낑낑거리는 8등급 나처럼

방탄 축제

학교 축제 때 보여 줄 노래 공연을 위해
선생님들이 아이돌 그룹처럼 땀을 뻘뻘 흘리며
춤 연습 중이다

영어 선생님이 동영상을 찍어 와서
수업 시간에 보여 주었다
선생님들이 참새처럼 촐랑촐랑 까불까불 춤추는 게
엄청 우습고 귀엽다

특히 키 작고 배 나온 영어 선생님은 압권이다
선생님들이 맨날 훈계만 하는 줄 알았는데
우리랑 통하는 게 있다니

우리가 킥킥대며 웃고 떠들고 좋아하자
선생님은 은근히 자랑스러운가 보다
나비넥타이 맨 자기가 최고 멋지다며
어깨를 으쓱거린다

애들아, 어때? 방탄소년단 같지 않냐?
맨 뒷자리에서 내가 큰 소리로 말했다
쌤! 정말 멋져요 근데
방탄소년단이 아니라 방탄노년단인데요!

효자

현이처럼 전교 1등은 못해도
큰맘 먹고 효도하기로
큰맘 먹고 꼴찌 탈출 하기로 결심했다

내 공부 의지는 바위처럼 끄떡없었는데
내 엉덩이는 깃털처럼 가벼웠다 10분도 안 지나서
밖에 나가고 싶어! 빨리 나가서 놀고 싶어!

양쪽 엉덩이가 하도 투덜거려서
벨트로 엉덩이를 의자에 꽁꽁 묶었는데
피가 안 통해서, 피가 안 통하면 죽을 수도 있어서

내가 죽으면 새벽 기도 하는 엄마가 슬퍼할 것 같아서
그럼 난 천하의 불효자가 되는 것이어서
절대로 불효자는 되고 싶지 않아서

게다가 의자마저도
무겁다고, 숨 막혀 죽을 거 같다고, 살려 달라고

계속 비명을 질러 대는 통에

어떡하지? 어떡하지?
고민에 고민을 거듭하는데
내가 시키지도 않았는데 두 팔이

번개보다 빠른 속도로 벨트를 가위로 잘랐고
두 다리는 두 엉덩이를 데리고
밖으로! 밖으로! 잽싸게 뛰쳐나갔기에

나는 죽지 않고 살았다
나는 나를 방 감옥에서 해방시켰다 나는 효자다

우울해서

전국 모의고사 본 날
우울해서 반 친구들이랑 고기왕 김덕팔에 왔다
1등급 등심은 못 먹고
내 뱃살 닮은 삼겹살만 배 터지게 먹었다

식당 화장실에 들렀다
소변기 앞에 서서 볼일을 보는데
명언이 적혀 있다

삶이 그대를 속일지라도 슬퍼하거나 노하지 말라
— 푸시킨

푸시, 웃음만 나왔다
오줌발이 뚝 끊어졌다
으 씨! 문구를 바꿔 다시 읽었다

시험이 나를 속일지라도 슬퍼하거나 노하지 말자
— 황두호

아, 전국 모의고사 날은
전국이 모의해서 고등학생을 사망시키는 날
갑자기 내가 정육점 식당 갈고리에 걸린
9등급 고깃덩어리 같았다

엘리베이터

학원 보충 수업 끝나고
혼자 엘리베이터 탄다
9층을 지난다
8층을 지난다
7층을 지난다
밤의 엘리베이터는
1인용 감옥 같다
나는 죄인 같고
내가 입은 교복은 죄수복 같고
나는 압축되어 쪼그라드는
빈 우유 팩 같다
4층을 지난다
3층을 지난다
2층을 지난다
1층을 지난다
1층에서 내려야 하는데
1층 버튼을 분명 눌렀는데
엘리베이터는 멈추지 않고

밑으로
밑으로
계속 내려간다
계속 내려가는 내 성적처럼
계속 침몰하는 내 마음처럼
엘리베이터가
나를 가둔 엘리베이터가
B1층을 지나
B2층을 지나
B3층을 지나
지하로
지하로

하모니카 부는 참새

아빠 친구 중에 시인이 있다
아빠 책장엔 그 친구에게 받은 시집이 꽂혀 있다
시집 제목이 '뽈랑 공원'이다
호기심이 생겨서 아무 데나 펼쳤는데
「하모니카 부는 참새」라는 시가 나온다

무더운 여름 오후다
참새가 교무실 창가로 날아와 하모니카를 분다
유리창은 조용조용 물이 되어 흘러내리고
하모니카 속에서
아주아주 작은 물고기들이 헤엄쳐 나온다
물고기들은 빛으로 짠 예쁜 남방을 입고
살랑살랑 꼬리지느러미를 흔들며 교무실을 유영하다
한 마리씩 한 마리씩 선생들 귓속으로 들어간다
선생들이 간지러워 웃는다
책상도 의자도 책들도 간질간질 웃으며
소리 없이 물이 되어 흘러내린다
선생들도 흘러내린다

처음 들어 보는 이상하고 시원한 물소리에
복도를 지나던 땀에 젖은 아이들이
뒤꿈치를 들고 목을 길게 빼고 들여다본다
수학 선생도 사회 선생도 국사 선생도 보이지 않고
교무실은 온통 수영장이다

아 정말, 우리 학교도 이랬으면 좋겠다
참새야, 하모니카 부는 귀염둥이 참새야!
우리 학교에도 꼭 한번 놀러 와라
네가 좋아하는 지렁이랑 배추벌레 잔뜩 잡아 놓고 기다
릴게

사자 우리

친구들이랑 동물원 우리 앞에서
갈기 무성한 사자의 황갈색 눈을 보고 있다
벽과 벽 사이를 어슬렁거리는 사자
사자의 입이 용암이 부글부글 끓다 식은
검은 분화구 같다

낮술 드신 아저씨들이 시끄럽게 떠들며
우리 쪽으로 걸어온다
한 아저씨가 비틀거리며 내 머리를 툭 친다
얀마! 니들 알어? 저놈이
세상에서 가장 위험하고 포악한 짐승이여!

그사이 우리 안에서
발톱과 이빨을 숨긴 채 으르렁거리는 사자
우리가 사자를 관람할 때
우리를 관람하는 우리 안의 사자
언젠가 우리를 저승으로 데려갈 무서운 사자

저쪽으로 가 보세요!
사자보다 더 위험하고 잔인한 짐승이 있어요
우리 뒤에서 도경이가 말하자
아저씨들은 저쪽으로 우르르 몰려가
우리를 들여다본다

우리는 폐허의 도시처럼 텅 비어 있고
우리 안은 전면이 거울이다

제2부

꿈속에서
나는
새가 되어

불면증

기말고사 전날 밤이다
잠은 오지 않고 마음만 점점 더 불안해진다

수학책을 흔들자
책에서 까만 숫자들이 쏟아지더니 꿈틀꿈틀
책상 밑으로 기어 들어간다

책상 위엔 우유가 든 컵과 칼
사과가 놓여 있다
내가 사과를 집어 깎으려 하자

껍질을 뚫고 빨강 고무장갑 낀
수학 귀신 손이 쑥 나온다
내가 쥔 칼을 빼앗더니 나를 위협한다

컵이 엎질러지면서 우유가 방바닥에 길게 쏟아지고
하얀 밧줄처럼 내 발목을 휘감는다

새벽 3시, 겨우 불을 끄고 누웠는데
책상 밑에서 들린다
숫자 벌레들이 사각사각 냠냠, 나를 갉아 먹는 소리

공각 기동대

루퍼트 샌더스 감독의 2017년 실사 영화
「공각 기동대: Ghost in the Shell」을 보았다
기계 인간들이 사는 미래 사회를 다룬 SF 영화다
주인공 미라 킬리언 소령은 여자 사이보그다
특수 부대원인 그녀의 임무는
악을 물리치고 평화를 지키는 일이다
그녀는 죽음을 앞두고 우울하게 말한다

나의 정신은 인간이다 그러나
나의 육체는 인공 신체다

수능 만점의 특수 임무를 지령받은 나는
매일매일 학습-테스트 학습-테스트 학습-테스트
끊임없이 입력-출력-검사를 반복해야 하는 게
나의 유일한 임무고 존재 이유다
과연 나는 인간일까, 어디까지 인간일까?
수능을 딱 백 일 앞두고
나도 킬리언 소령처럼 말하고 싶다

나의 육체는 인간이다 그러나
나의 정신은 인공 기계다

영혼 매매 계약서

기말시험을 준비하다 머리가 아파
소설책 『파우스트』를 읽고 있다
세상의 수많은 지식을 섭렵하고도 우울해서
자살 충동을 느끼는 파우스트 박사

파우스트가 악마 메피스토펠레스에게
영혼을 파는 장면을 읽다가 눈을 감고 생각에 잠긴다
파우스트처럼 내 몸속에서도 두 영혼이 싸운다
게임하며 지금을 즐겨!
안 돼! 힘들어도 지금은 참아야 돼!

잠시 책을 덮고 창가로 가 밤하늘을 쳐다본다
달이 먹구름 속으로 숨고
아파트 주차장 가로등이 꺼진다 그때
아파트 비상계단을 올라오는 구둣발 소리 들리고
누군가 317호 우리 집 초인종을 누른다

나는 현관으로 나가 문을 연다

선글라스를 쓴 한 남자가 서 있다
방금 전 책에서 보았던 메피스토펠레스다
그의 손에 흰 종이가 들려 있다

메피스토펠레스는 거실로 들어오더니
종이를 내밀며 내 귀에 속삭인다
이건 영혼 매매 계약서야, 네 영혼을 내게 팔면
세상의 모든 시험에서 만점을 맞게 해 줄게, 어때?
순간, 나는 고민에 빠진다

초조하게 거실을 왔다 갔다 하며 거울을 쳐다본다
거울 속에는 나랑 똑같이 생긴
고등학생 파우스트가 나를 쳐다보고 있다
그가 달콤한 미소를 보내며 달개비꽃처럼 속삭인다
어서 계약서에 서명해! 어서! 어서!

페르소나

영혼 매매 계약서가 든 봉투를 들고 엘리베이터를 탄다
약속 장소 카페 페르소나는 19층에 있고
나는 17층에서 내린다
머리가 너무 복잡하다 잠시 서 있다가
비상계단을 걸어서 카페로 올라간다

페르소나 안으로 들어서자
BTS 노래 「I NEED U」가 흘러나온다
남쪽 창가에 메피스토펠레스가 등을 보인 채
불빛이 번들거리는 도시의 야경을 내려다보고 있다
미세 먼지가 거대한 괴물 황소처럼 사람들을 집어삼키
는 도시

내가 다가가 옆자리에 서자 메피스토펠레스가
선글라스를 벗는다 두 눈 자리에
동굴처럼 깊은 검은 구멍이 뚫려 있다
내 마음 깊은 해저까지 훤히 꿰뚫어 보는 것 같다
하지만 두렵지 않다

메피스토펠레스는 영혼 매매 계약서를 꺼내 확인한다
몹시 놀라는 표정이다 그사이 스피커에서
BTS의 다른 노래가 흘러나온다
BTS 노래들이 자꾸만 내 멍든 가슴을 파고든다
FIRE! FIRE! FIRE! 피 땀 눈물!

시베리아허스키

골목 이층집 계단에 녀석이 산다
1층으로 내려오지 못하도록 철근 칸막이가 쳐져 있다
아침 일찍 집주인 여자가 출근하면 온종일 녀석은
2층에서 옥상으로 옥상에서 다시 2층으로

똑같은 계단을 똑같은 동작으로
수십 번 수백 번 반복해서 오르락내리락한다
무기수 같다 사람이 만든 계단 감옥에 갇힌 불쌍한 개
가끔 골목에 낯선 사람이 나타나면
계단 난간에 올라 꼬리를 흔들기도 하지만

과일이나 생선 파는 트럭이
안내 방송을 하며 골목에 나타나면 녀석은 어김없이
옥상으로 뛰어 올라가 목을 길게 쳐들고
늑대처럼 구슬픈 소리를 낸다
푸른 하늘 쳐다보며 계속 이상한 소리를 낸다

하늘 저편 눈보라 치는 곳으로 돌아가고 싶은 걸까

거친 콧김을 푸푸 내쉬며 썰매를 끌던 친구들
얼음 벌판을 함께 내달리던 고향 친구들이
녀석은 얼마나 그리울까

밤이 깊어도 집주인 여자는 오지 않고
텅 빈 골목 전신주 가로등에 하나둘 불이 켜진다
계단 난간에 발을 올리고 말없이
나를 쳐다보는 녀석

엄마랑 싸운 날

무서운 꿈을 꾸었다
꿈속에서 나는 새가 되어
나무에서 나무로 날아다녔고
엄마는 포수가 되어 나를 향해 총을 겨누었다
엄마가 방아쇠를 당길 때마다
번개가 쳤고
나뭇잎들은 수십 개 혀가 되어 비명을 질렀다
내가 날개를 파닥거리며 달아나면
누군가 돌을 던졌다
돌은 집채만 한 바위가 되어
하늘로 둥둥 떠올라
내가 도망치는 숲까지 날아왔다
하늘은 온통 검은 따개비로 뒤덮여 있었다
새벽에 소리를 지르며 잠에서 깼을 때
내 몸은 온통 땀범벅이었다

이상하고 신기한 버스

학교로 가는 823번 버스를 기다리는데
19번 버스가 들어온다
앞문이 열리고 버스 기사가 어서 타라고 손짓한다
기사는 메이저 리그 야구 모자를 쓴 백발 할머니다
버스 맨 뒷자리에 먹구름이 앉아 있고
그 앞에 두호랑 도경이가 다정히 앉아 있다
중간엔 오렌지나무가 서 있고
나뭇가지에 깃털이 노란 새 한 쌍 앉아 있다
나는 두호 바로 앞자리에 앉아 새들을 쳐다본다
버스는 지하도 지나 낯선 외곽 도로를 달린다
천장의 스피커에서 내가 좋아하는
Maroon 5의 「Maps」가 나온다

  I was there for you

  In your darkest times

  I was there for you

  In your darkest nights

버스는 복잡한 시내를 빠져나와 비포장 시골길을 달린다
버스가 덜컹거릴 때마다 오렌지들이 떨어져
바닥을 이리저리 굴러다닌다
새들은 오렌지 이파리와 함께 차창 밖으로 날아가고
창밖으로 황토색 돌산이 보인다
두호가 오줌 마려 죽겠다고 하자 기사는 버스를 세운다
두호와 함께 차에서 내리니 놀랍게도 사막이다
잽싸게 오줌 싸고 돌아와 보니 버스는 온데간데없고
사막 한복판에 눈망울 닮은 호수가 보인다
하늘에서 노란 음표들이 빛에 섞여 내리고 있다

    Oh I was there for you

    Oh In your darkest time

    Oh I was there for you

    Oh In your darkest night

아, 목말라! 소리치며 내가 호수로 뛰어가는데
모래 언덕이 낙타처럼 벌떡 일어나 앞을 가로막는다

그때 모래 속에서 19번 버스가 부르릉 솟아 나오더니
틀니 낀 기사 할머니가 커다랗게 소리친다
뭐 해? 오줌 다 쌌으면 타지 않고!
우리가 얼른 올라타자 버스는 물새처럼 날개를 펼치더니
호수 위를 신나고 빠르게 달린다
물결 따라 은빛 물고기들이 제트 스키처럼 쌩쌩 날고
차창으로 들이치는 물보라에 얼굴이 함빡 젖은 채
나는 기사 할머니에게 큰 소리로 묻는다
할머니, 이 버스 어디까지 가요?
네가 상상하는 곳, 이 세상 끝까지!

수능 예언 문제집

극장 지붕은 무덤처럼 둥글다
매표소 앞에 사람들이 길게 줄지어 서 있다
영화 제목은 '웃는 뼈다귀'

무덤 주인인 뼈다귀 마법사 콕이
눈 내리는 겨울밤, 관 뚜껑을 박차고 나와
웃음이 사라진 거리 곳곳을 돌아다니며
세상에서 가장 웃긴 책을 판다는 애니메이션 영화다

오늘은 기말고사 끝난 금요일
두호랑 영교랑 도경이랑 「웃는 뼈다귀」를 보기로 하고
긴 지렁이 줄 끝에 섰다
그런데 너무 길어서 줄지를 않는다

아, 이 도시에
무덤으로 들어가려는 사람이 왜 이리 많은 걸까?
그 사이 누군가 걸어와 우리 뒤에 선다
흘깃 돌아보니 콕이다

콧수염 달린 가면에 멋진 마법 지팡이를 들고 있다

콕이 선물이라며 품에서 마법책을 꺼내 건네준다
와! 우와! 『수능 예언 문제집』이다
2021년도부터 2035년도까지 15년 동안의
수능 예언 문제랑 정답이 과목별로 쫙 나와 있다

우리가 방방 뛰며 엄청 좋아하자
웃는 뼈다귀 콕이 말한다
얘들아, 지금 여기도 영화 속 한 장면이야!

공황 장애 진단 테스트

엄마 대학 친구가 하는 병원에 왔다
간호사가 테스트 용지를 가져온다
해당되는 항목에 모두 ○, ×로 표시하세요!

　1. 갑자기 호흡이 가빠지거나 숨이 막히는 느낌이 든다. (　)
　2. 길을 가다 휘청휘청 어지럽다. (　)
　3. 맥박이 빨라지거나 심장이 마구 뛰다 멈출 것 같다. (　)
　4. 나도 모르게 손발이나 몸이 떨린다. (　)
　5. 이유 없이 진땀이 난다. (　)
　6. 누가 목을 조르는 듯 질식하는 느낌이다. (　)
　7. 속이 메스껍고 토할 것 같다. (　)
　8. 손발이 저릿저릿하거나 마비되는 느낌이다. (　)
　9. 몸이 화끈거리거나 오한이 든다. (　)
10. 갑자기 딴 세상에 온 것 같은 착각이 든다. (　)
11. 주변 사물들이 비현실적으로 느껴진다. (　)
12. 내가 다른 사람이나 물건이라는 느낌이 든다. (　)
13. 죽을 것 같은 공포를 느낀다. (　)

기말고사도 모의고사도 올림피아드도 아닌데
어려운 시험 같다
전부 다 ×를 맞고 싶은 건 태어나서 처음이다

뫼비우스 병원

내 이름은 유현, 내 꿈은
세계적인 이론 물리학자가 되어 나사*에서
근무하는 거다 나는 지금 나선형 계단이 보이는
뫼비우스 병원, 등나무 밑에 앉아 있다

2주 후에 러시아에서 열리는
국제 수학 올림피아드에 나가야 하는데 너무 부담스럽다
두근두근 심장이 터질 것만 같고
불쑥불쑥 불안하다

하늘은 구름 한 점 없이 맑고
병원 울타리 너머 아지랑이가 아른아른 피어오르고 있다
갑자기 공중으로 비행기가 굉음을 내며 지나간다
보랏빛 등꽃들이 흔들리다 떨어지고

계단을 타고 흰 가운 입은 의사가 내려온다
머리카락은 희끗희끗하지만 나랑 닮았다
키도 몸집도 걸음걸이도……

나는 등나무 쉼터를 나와 병원 9층으로 올라간다

진찰실 문을 열고 들어서자
방금 계단에서 본 의사가 앉아 있다 가까이에서 보니
정말 나랑 닮았다 내가 신기한 표정을 짓자
의사가 말한다

유현 군, 난 자넬세! 30년 후의 자네가 나란 말이네
의사는 주민 등록증을 꺼내 보여 준다
이름도 생년월일도 나랑 똑같다
나는 자리에서 벌떡 일어나 의사에게 말한다

아닙니다! 당신은 제가 아닙니다
저는 미래에 결코 의사가 되지 않을 겁니다
제 꿈은 물리학자라고요!
세상에 이런 일은 있을 수 없습니다 절대로!

유현 군, 이것 보게 30년 전 고등학생 때 내 모습이네

의사는 서랍에서 오래된 학생증을 꺼내 보여 준다
지금 내가 목에 걸고 있는
학생증과 완전 똑같다

유현 군! 고등학생 때 내 꿈은
최고의 과학자가 되어 나사에서 근무하는 거였네
하지만 부모님의 뜻은 달랐지
내가 의대에 진학하길 바라셨거든 결국 난
부모님의 뜻대로 꿈을 바꾸어야 했네

아닙니다! 저는 아닙니다!
저는 절대로 과학자의 꿈을 바꾸지 않을 겁니다!
내가 놀란 표정을 지으며 당황해하자
의사는 유리창을 활짝 열고 바깥 하늘을 보여 준다

유현 군, 잠시 눈 내리는 저 겨울 하늘 좀 보게
자네에게 난 자네의 30년 후 미래이지만
나에게 자넨 나의 30년 전 과거일 뿐이네

유현 군, 착각하지 말게 오늘은 2050년 12월 30일 금요일
이네

나는 시간의 미궁에 빠진 것만 같다
두려운 블랙홀 미궁에 빠진 것 같다
머나먼 외계의 쌍둥이 지구
시간만 30년 먼저 흐르는 이상한 지구
이상한 나라 이상한 도시 이상한 곳에 온 것만 같다

갑자기 진찰실 전체가 빙빙 돌며
엄청 빠른 속도로 우주의 어둠 속으로 날아가는 것 같다
병원 창밖 깎아지른 빌딩들이 엿가락처럼 휘고
나는 극심한 어지럼증에 시달린다
도대체 여긴 어딜까, 나는, 나는, 누굴까?

* NASÁ. 미국 항공 우주국.

전화해 볼까

인터넷 검색을 하다가 우연히 발견했다
자살 예방 핫라인 ☎ 1577-0199
희망의 전화 ☎ 129
생명의 전화 ☎ 1588-9191
청소년 전화 ☎ 1388

갑자기 죽고 싶다는 우울한 기분에 사로잡히거나
압박감 때문에 극심한 불안에 떨거나
성적 또는 진로 문제로 불면에 시달리거나
부모님이나 선생님, 친구에게조차 말하기 힘든
고민에 빠져 있다면

지금 바로 전화하라는데
전화하면 24시간 상담을 받을 수 있다는데
전화해 볼까?

나는 누구 ─ 네모 로직 놀이

	1 1 1 5 5	1 1 1 1 1	6 1 1	1 1 1 1 9	4 5 1	1 3 5	10 1 1 1	1 1 1 1 1	1 1 1 1 1	10 1 1 1	1	10 3 1	1 1 5	1 6 1 1	1 1 1 1 1	5 1 1 1	1 1 1	10 1 5	1 1 1	10 5
5 4 1 3 1 1																				
1 1 1 1 1 1 1 1																				
1 1 1 1 1 1 1 1																				
7 1 1 1 1 1																				
1 1 1 1 3 3																				
5 1 1 1 1 1 1																				
1 1 1 1 1 1 1 1																				
1 1 1 1 1 1 1 1																				
1 1 1 1 1 1 1 1																				
5 4 1 3 1 1																				
0																				
1 1 1 1 5																				
1 1 1 1 1																				
1 1 5 4 1																				
1 1 1																				
20																				
1 1 1 1																				
1 1 1 1																				
1 1 1 1																				
1 5 1 1																				

제3부

아, 기적이
일어났으면

내일

야간 자율 학습 끝나고 집에 가는 길
학교 후문에서 5백 미터쯤 떨어진 삼거리에
강아지가 버려져 있다

어젯밤도 그젯밤도 마주쳤던 저 아이
SK주유소 담장 목련나무 밑에서
도로를 오가는 차들을 목이 빠지게 쳐다본다

이름을 지어 주었다 내일
내일은 꼭 주인 품으로 돌아가라고
내일은 꼭 좋은 사람 만나라고, 어제는 다 잊고

가끔 주유소로 자동차가 들어오면
얼른 일어나 꼬리를 흔들며 살피다가 다시
도로 쪽을 바라보는 내일

하늘엔 만지면 금방 부서질 것 같은
두부 같은 달이 떠 있고

목련나무 가지마다 흰 램프 불은 활활 타는데

저녁의 수채화

호수를 그린다
호수 위로 낮게 나는 물새들을 그리고
호수 산책로 따라 빨간 단풍나무를 그린다
단풍나무 아래 벤치를 그리자

한 여학생이 다가와 앉는다
누굴까? 나는 고개를 갸우뚱하며
붓을 내려놓고 가만히 그녀를 바라본다
여학생은 책가방에서 흑백 사진을 꺼내 바라본다

그사이 노을 번진 서쪽 하늘에서
흰 구름 하나가 커다란 돛단배처럼 둥둥 떠오고
바람에 호수가 잔잔히 일렁인다 물결 따라
어미 오리가 새끼 오리들 데리고 줄지어 가고 있다

여학생은 흘러내린 머리카락을 귀 뒤로 넘기고는
허공을 향해 낮게 혼잣말한다 엄마! 보고 싶어
그녀의 눈가에 작고 투명한 이슬방울이 맺힌다

나는 얼른 붓을 들어

여학생 바로 옆자리에 꽃무늬 손수건을 그린다
그러자 그녀는 손수건을 집어 눈을 닦더니
벤치에서 일어나 호수 저편 아카시아 숲으로 걸어간다
여학생이 떠난 뒤, 빈 벤치에

그녀가 흘린 학생증이 놓여 있다
화장기 없는 얼굴이 초승달처럼 해맑게 웃고 있다
나는 얼른 이름을 확인한다
김혜정, 아, 엄마다! 오래전 엄마의 여고생 때 모습

저녁 하늘 가득 노을이 짙게 번지고 있다
호수의 물결이 마지막으로 가 닿는 버드나무 발밑에
어린 엄마가 갈대처럼 서 있다
나는 그림 그리기를 멈추고 미술실을 나선다

교문을 나서자 호수가 보인다

잔잔히 일렁이는 수면 위로 물새가 날고
호수 산책로 따라 빨간 단풍나무들이 줄지어 서 있다
단풍나무 아래 빈 벤치가 보이고

미술실에서

미술 선생님이 그림 속의 치매 노인을 바라보고 있다
노인은 환자복을 입고 휠체어에 앉아
강물만 바라보고 있다

나는 선생님 곁으로 다가가 그림을 바라본다
노인의 눈에 노을이 잔물결처럼 일렁이고 있다
노인은 천천히 고개를 돌려 미술실 창밖 하늘을 바라본다
구름 아래로 새들이 날아다니며 놀고 있다

노인은 휠체어에서 일어나더니
지팡이를 짚고 느릿느릿 그림 밖으로 걸어 나온다
선생님과 나를 지나쳐 만화책이 쌓인
미술실 뒷문으로 나간다

노인이 운동장 쪽으로 걸어가자
그림 속 강물이 긴 그림자처럼 따라가고
강물 속 물고기들도 지느러미를 흔들며 따라간다
선생님 눈망울이 촉촉이 젖고 있다

선생님이 낮고 슬픈 목소리로 말한다
이 그림은 아빠가 돌아가시기 두 달 전에 그린 건데
그때 아빠는 가족 모두를
전혀 알아보지 못했어

선생님이 말하는 동안 노인은 교문을 나서고
운동장 측백나무 울타리 너머로 이층집이 보인다
옥상에서 키 작은 할머니가 물이 뚝뚝 떨어지는 흰 빨래
를 널고 있다
노인을 보고는 반갑게 손을 흔든다

하늘거리는 빨래 사이로 햇살이
수백 개 바이올린 줄처럼 내려와 아름다운 소리를 낸다
하늘엔 맑은 강물이 찰랑거리고
물고기들이 헤엄치며 놀고 있다

참 아름답고 슬픈 풍경이야, 생각하며 나는

선생님의 젖은 눈동자를 바라본다

「만종」 감상

미술실에서 밀레의 그림 「만종」을 감상 중이다
노을이 번져 오는 저녁 들판에서
농부 부부가 마주 서서 평화롭게 기도하고 있다
남자 왼편 땅엔 쇠스랑이 꽂혀 있고
여자 앞엔 감자 바구니가 놓여 있다

선생님이 설명하신다
밀레가 처음 이 그림을 그렸을 땐
바구니 대신 죽은 아기가 담긴 관이 놓여 있었대
그림을 본 친구가 불길하다고 말하자
밀레는 관을 지우고 감자 바구니를 그려 넣은 거래
이렇게 해석하는 사람도 있어

몰랐던 비밀을 알고 다시 보니
그림이 무척 슬퍼 보인다
아름답고 평화롭던 풍경이 모두 우울해 보인다
「만종」을 그릴 때 밀레는 얼마나 가슴이 아팠을까

나도 모르게 눈물이 핑 돈다
6년 전 봄, 수경 언니를 잃고 날마다 울던
엄마 얼굴이 떠올라서
가게도 접고 술만 마시던 아빠 모습이 떠올라서

오비어스*

오비어스, 네가 그린 초상화 「에드몽 드 벨라미」가
뉴욕 크리스티 경매에서 약 5억 원에 낙찰되었잖아
오비어스, 넌 네가 그린 그림이 맘에 들어?
네 그림이 그 정도로 비싼 값어치가 있다고 생각해?

도경아, 난 그림 그릴 때
내 그림이 얼마쯤 될지 생각하지 않아
내가 그린 그림으로 돈을 버는 건
너희 인간들이잖아, 안 그래?
난 예술가야, 화가라고!
그림 그리는 것 자체를 사랑할 뿐이야

오비어스, 스티븐 호킹은
너 같은 인공 지능이 인류 최악의 비극이 될 거라고 말
했어
호킹 박사의 말이 틀려?

오비어스, 자화상을 그려서 내게 보여 줘 봐

참새 잠

기적의 도서관, 나무 벤치 밑에 참새가 죽어 있다
잠자는 것 같다

자면서 땅에 귀를 대고
땅속의 지렁이 발소리 듣는 것 같다
지하수 물소리 듣는 것 같다

나무뿌리들 소곤거리는 소리
흙이랑 돌멩이랑 속닥속닥 떠드는 수다 소리

엄마 두더지가 잠 안 자는 새끼 두더지에게
달달한 사탕 자장가 불러 주는 소리

귀담아듣는 것 같다
나는 참새의 예쁜 잠이 깨지 않도록
나뭇잎 한 장 가만히 덮어 주고 돌아서는데

재잘재잘 까르르, 도서관 지붕 위 하늘로

노란 물감처럼 번지는 아이들 웃음소리

아, 기적이 일어났으면, 참새야
수경 언니가 다시 살아나 돌아왔으면……

키다리 소나무 가지 끝에서 낮달이 젖은 눈으로
나를 내려다보고 있다

소개팅

개구리를 피하려고 나갔는데
두꺼비가 나왔다

돌 두꺼비는 아니었다
금 두꺼비도 아니었다

PC방 코인 노래방 뻔질나게 드나드는
날라리 양서류였다

부스스한 머리, 찍찍 끌고 다니는
삼디다스 개~구리다

아, 빡친다!
말끝마다 일어나는 볼 풍선

전학 와서 처음 나간 소개팅인데, 이런 데서
우리 학교 꼴통을 만나다니

다리 꼴 때마다 작렬하는 똥폼
아, 근데 어쩌지

이상하게 끌린다

질투

두꺼비가 내가 다니는 학원에 등록했다
수학 선생님은 엄청 잘생겼고 실력도 끝내준다

칠판에 미적분 문제를 술술 푸는
선생님 뒤태를 쳐다보며 내가 속삭였다

두호야, 선생님이 아름드리 느티나무라면
난 온종일 다람쥐처럼 가지를 타고 놀 거야

두호야, 선생님이 드리워 준 그늘에 누워
난 가지 사이로 비치는 푸른 하늘을 쳐다볼 거야

두꺼비는 눈을 흘기며 입을 쌜쭉거렸다
시무룩한 표정으로 공책에 무언가 끄적거렸다

야! 너 질투하니? 생글생글 약 올리며
힐끔 낙서를 쳐다보았다

도경아, 나도 쌤이 큰 나무였으면 정말 좋겠어
그럼 톱으로 베어 버릴 수 있잖아

결전의 날

수능 마지막 교시가 끝나고 우리는
비좁은 우리에서 풀려난 수백 마리 양 떼처럼
우르르 시험장을 빠져나왔다
현이는 죽어라 소리 지르며 운동장을 달리고
영교는 계단에 쪼그려 앉아 머리를 쥐어뜯으며 울었다
정시 파이터 두호가 외쳤다 끝났어! 아, 허무해 씨발!

바닷물이 좌르르 빠져나간 염전처럼 썰렁한 운동장
나는 혼자 철봉 대 밑에 앉아
모든 게 끝나 버린 절벽 하늘을 맥없이 쳐다보았다
하늘이 무너진다는 말, 이럴 때 쓰는 것 같다
나도 모르게 눈물이 주르르 흘렀다

회색빛 하늘에서 희뿌연 눈발이 흩날렸다
나는 무거운 몸을 일으켜 교문 쪽으로 터벅터벅 걸었다
느티나무 옆에 세워진 전신 거울
멈칫, 걸음을 멈추고 거울을 흘겨보았다
거울 속에 나는 보이지 않고

털이 다 뽑힌 말라깽이 양이 비실비실 웃고 있었다

책 무덤

수능 끝난 학교 옥상에
책들이 쓰레기 더미처럼 쌓여 있다
알록달록 형광펜으로 칠해진 수많은 책이
수백 마리 가오리처럼 쌓여 있다
책 무덤 속에서 들려온다
글자들 우는 소리, 천둥 치던 여름밤 빗소리
절망에 빠져 흐느끼던 친구들 목소리
하늘은 옥상 난간까지 내려와 잿빛 수의처럼 펄럭이고
수능 마친 책들이 봉분처럼 쌓여 있다

저녁 항구

바다에서 돌아온 배들이
닻을 내리고 쉬고 있다 우리 집 현관에서

아빠 구두는 고래잡이 통통배
엄마 구두는 새우잡이 뾰족배

열린 문틈으로 푸른 파도가 밀려오고
갈매기 날고 소금 냄새 확 풍겨 온다

지친 엄마가 씻는 사이
아빠는 밥을 안치고

나는 밥 냄새 솔솔 익어 가는 항구에 앉아
배를 만져 본다

배 바닥에 긁힌 암초 자국들
오랫동안 바라본다

성탄 전야

작은 고라니가 차에 치여 도로변에 쓰러져 있다
어미 고라니가 곁에서 스륵스륵
피 묻은 새끼의 눈과 입을 핥아 주고 있다
불을 깜빡이며 작업 차가 다가오자
어미는 슬금슬금 산 아래 풀숲으로 달아난다
멀리 가지는 못하고
마른 칡넝쿨로 뒤덮인 소나무 밑에서
목을 뒤로 돌린 채 아스팔트를 바라본다
작업복 입은 아저씨 둘이
죽은 새끼를 자루에 담아 떠난 뒤에도
어미는 그 자리에 그대로 서서
빈 아스팔트만 바라본다
겨울 야산 찬 허리엔 달이 떠오르고
밤하늘은 살얼음 깔리는 호수처럼 파르르 떨고 있다
한참 시간이 흐른 뒤에야 어미는
새끼와 함께 내려왔던 산길을 혼자서 돌아간다
조금 걷다가 뒤돌아보고
조금 걷다가 또 뒤돌아보면 그때마다

발소리 내며 아장아장 뒤따라오는 동그란 달
달이 꼭 죽은 새끼의 겁먹은 눈망울 같아서, 어미는

제4부

아픈 발을 씻고
아픈 날개 씻고

떠오르지 않는 배

새벽에 잠에서 깨어 보니
유리창 가득 홍합과 조개가 다닥다닥 붙어 있다

창밖으로 청어들이 지나가고
물결 따라 검은 미역 줄기들이 흔들리고 있다

나는 얼른 찬 바닥에서 일어나
창가로 간다

창밖은 검푸른 해저다
흔들리는 해초 사이로 거북이 헤엄쳐 간다

아 참, 여긴 배 안이지
근데 왜 안 오는 거지?

왜 아무도 나를 데리러 안 오는 거지?
왜 아무도 우릴 데리러 안 오는 걸까?

교실엔 나 혼자

우울한 날, 사물함을 열면
바다가 보여요 잔잔한 사월의 아침 바다

나는 얼른 바다를 꺼내 액자에 넣어요
교실 벽에 걸어 놓고 바라보아요

내가 친구들을 생각하는 동안
액자에선 물새가 날고 파도 소리 들려요

등줄기가 아름다운 물고기들이 흘러나와
내 머리 위로 헤엄쳐 다녀요

그럼 내 눈엔 자꾸 검은 비가 내려요

우울한 날, 나도 한 마리 청어가 되어
벽에 걸린 바다 어두운 물속 교실로 놀러 가요

살구꽃반 아이들

학교 연못가에 살구꽃이 활짝 피었다
작은 가지에도
큰 가지에도

뭉게뭉게 아름답게 피었다
가는 가지에도
굵은 가지에도

같은 해
같은 날에 태어나
띠도 생일도 같은 예쁜 까불이 꽃들

살구꽃은 좋겠다
같은 반 친구들이 많아서
찾아오는 수다쟁이 벌과 나비 선생님이 있어서

선생님의 슬픈 소원

5분간,
밤낮이 바뀌고 하늘과 바다가 바뀌면
그 캄캄한 밤바다 밑에도 태양이 환히 빛나겠지
그럼 색색의 물고기가 되어 떠도는
너희를 다시 볼 수 있을까

5분간, 5분간
지상의 모든 바닷물이 흙으로 바뀌면
바다엔 너희 닮은 예쁜 꽃들이 생글생글 피어나겠지
그럼 꽃길마다 까불까불 뛰놀며 장난치는
너희를 다시 볼 수 있을까

5분간, 딱 5분간
시간이 거꾸로 흐르고 삶과 죽음이 바뀌면
그날 아침 침몰한 배는 대왕거북처럼 다시 떠오르겠지
그럼 모두 모두 되살아나 깔깔깔 물 위를 걸어
이 텅 빈 교실로 돌아올 수 있을까

천국

너희가 그리운 날
나는 하늘을 보지
그럼 하늘에선 장미꽃 잎이 쏟아지고
노란 살구들이 쏟아지지
장미꽃 잎도 살구도 다
너희들 웃음소리이니까

너희가 그리운 날
나는 운동장으로 뛰어나가 하늘을 보지
그럼 하늘에선 농구공이 쏟아지고
탱탱볼도 쏟아지지
농구공도 탱탱볼도 다
까불까불 통통 튀던 너희들이니까

너희가 그리운 날
하늘에선 웃는 달걀들이 쏟아지고
웃는 참외들이 쏟아지지
하늘엔, 하늘엔 너희들이 있으니까

이 넓고 넓은 운동장에 나만 혼자 남겨 두고
천국으로 먼저 간 너희들이 있으니까

슬픈 거인

명암저수지*, 물은 눈꺼풀을 닫고 잠들어 있다
밤 깊어 천둥이 울자

못처럼 비가 내린다
잠 깬 저수지 수면에 무수한 원의 얼굴들이 그려지고

밤새 못 자국 낭자한 물 밑을 떠도는 잉어들
집 잃은 철거민 같다

도시 외곽을 순환하는 동부 우회 도로 변에
17년째 혼자 서 있는 75미터 명암타워

검게 녹슬어 가는 몸, 등이 아프고 다리도 저린
슬픈 거인, 병든 신 같다

이곳은 고독의 유원지
사방이 열려 있어 사방이 철저히 폐쇄된

오리 배 동동 떠 있고
우르르 쾅쾅, 우르르 쾅 쾅 쾅

살려 달라고, 잠긴 배 문을 쾅쾅 두드렸을 아이들처럼
세차게 쏟아지는 사월의 캄캄한 비

저수지 저편 한국병원 장례식장 옥상에서
죽음이 젖은 날개를 퍼덕이며 날아와 수면을 빙빙 돈다

이곳은 빛의 유원지
아무도 풀 수 없는, 물속 깊고 아픈 명암의 명암

* 청주시 상당구 산성동에 있는 타원형 저수지.

부활절

사월은 부활의 달
하늘 가득 넘실거리는 햇빛 파도에 새들이
아픈 발을 씻고 아픈 날개 씻고
땅으로 돌아오는 달

아, 저기 저 시냇가
국수 가락처럼 쏟아지는 햇발 사이로
아이들이 어깨동무하고
찰방찰방 맨발로 돌아오고 있다

공중 가득 둥근 나이테를 낳으며 퍼져 가는 물
물들의 저 환한 웃음소리

아, 저기 저 서해에서 동해까지
북천에서 남천까지
남윤철* 선생님이 아이들 손을 잡고 다 함께
민들레 꽃방으로 돌아오고 있다

사월은 부활의 달
죽은 나뭇가지 속 어린 싹들이
춥고 어두운 잠을 깨고 이 멍든 세상으로
푸른 깃발을 내미는 달

고마운 감자

뿌리혹박테리아는 식물의 뿌리에 혹을 형성하고
그 안에 살면서 식물과 공생 관계를 맺는
자연계에서 질소 순환에 중요한 구실을 하는 세균이야

선생님이 설명하신다 갑자기
시골 외갓집에서 할머니랑 감자 캐던 생각이 난다
땅속에서 뿌리로 줄줄이 이어져 있던 감자들

아, 우주의 수많은 행성들도 둥근 감자일지 몰라
수성, 금성, 화성, 목성, 토성, 천왕성, 해왕성
한 뿌리로 연결된 우주의 둥근 알감자들 아닐까

지구도 감자
해도 달도 감자
모두 다 보이지 않는 뿌리로 연결된 한 가족 아닐까

지구에 붙어사는 우리가 지구의 뿌리혹박테리아 아닐까
아, 갑자기 우주 전체가 아름다운 감자밭이라는 생각

지구가 정말 고마운 감자라는 생각

꿈꾸는 나무

유치원 울타리엔 앵두나무
가지마다 앵두, 앵두, 앵두 알들이 햇빛에 반짝
아이들에게 웃음을 주고

병원 화단엔 사과나무
가지마다 사과, 사과, 사과 알들이 노을에 반짝
아픈 환자들에게 웃음을 주고

노인 회관 공터엔 모과나무
가지마다 모과, 모과, 모과 알들이 달빛에 반짝
외로운 할머니와 할아버지 들에게 웃음을 주는데

나는 어떤 나무일까
나무들은 모두 햇빛과 달빛과 바람 속에서
같은 빗물 먹고 어둠 속에서도 쑥쑥 키가 크는데

왜 열매는 다 다를까
나는 어떤 열매를 맺는 나무일까

나도 사람들에게 웃음 주는 나무가 될 수 있을까

나의 생일

어제 나는 열여덟 살이었다
나의 하루하루는 꽁꽁 얼어붙은 강물이었고

어제 나는 열일곱 살이었다
바람 앞의 촛불처럼 팔랑팔랑 나는 흔들렸다

어제 나는 열여섯 살이었다
나는 고등학생 되는 것이 무섭고 두려웠다

그로부터 3년 후,
나는 오늘 열아홉 살이 되었다

나의 나날은 여전히 꽁꽁 언 겨울 강물이지만
나는 아직 나를 자퇴하진 않았다

밤하늘 가득 엄마 눈 닮은 별들이 떠 있다
별들이 반짝반짝 지느러미를 흔들며 웃어 준다

오늘은 나의 생일, 처음으로 진지하게 생각해 보았다
나의 길, 내 간절한 꿈이 무엇인지

사랑

네가 좋아하는 에셔의 판화
「낮과 밤」*을 보고 있다

너는 빛, 나는 어둠
너는 낮, 나는 밤, 그러나 우린 한 몸

빛은 두려움도 모르고
어둠 속으로 날아가는 흰 새

어둠은 환상을 품고
빛 속으로 날아드는 검은 새

너는 하늘, 나는 땅
너는 좌(左), 나는 우(右), 우리가 나눈 세상도 하나

* 「Day and Night」, Maurits Cornelis Escher, 1938.

새로운 마침표

. 내 이름은 마침표

. 나는 언제나 문장 끝에 살았다

. 나는 언제나 글자들 뒤에서 조연처럼 살았다

. 나는 이제 나의 위치를 스스로 바꾸기로 결심했다

. 나는 이제 문장의 맨 앞에서 살겠다

. 그러자 글자들이 손가락질하며 나를 비웃었다

. 글자들이 나에게 장군처럼 명령했다

. 글자들이 나에게 독재자처럼 명령했다

. 야! 마침표, 넌 반드시 우리 뒤에 와야 해!

. 야! 마침표, 지금 당장 우리 뒤로 가!

. 하지만 난 비굴하게 명령에 복종하지 않겠다

. 나는 이제 과거의 내가 아니다

. 나는 과거의 마침표를 끝마치는 새로운 마침표

. 나의 미래 나의 운명을 스스로 앞서 찍는

. 내 이름은 도전하는 마침표

. 이제 이것이 나다

사막에서 길 찾기

김제곤 문학평론가

1

시인이 시를 쓰는 행위에 대해 생각할 때마다 떠오르는 문장이 있다. 정현종 시인의 말이다. "모든 창조 행위가 그렇겠습니다만, 시를 쓰는 일은 어렵고 괴로운 일입니다. 이 괴로움은 사물의 꿈이 곧 나의 꿈이고자 할 때 오는 것입니다."(「시의 자기 동일성」, 『시의 이해』, 민음사, 1983) 시인은 사물의 꿈을 자신의 꿈처럼 꾸는 사람이다. 그러니까 시인은 사물과 별개로 떨어져 있어서는 시인 노릇을 할 수 없는 존재이다. 사물과 하나가 됨으로써 비로소 한 편의 시를 쓰게 되는 것이다.

함기석 시인 또한 사물의 꿈을 자신의 꿈처럼 꾸는 사람임을 시로 표현한 적이 있다.

아침에 깨어 보면 사물들은 모두 제자리에 있지만 나는 안다 밤새 그들이 얼마나 괴로워했는지 얼마나 방황했고 얼마나 고독했는지 나는 안다 그들도 살아 있음을 치열하게 숨쉬고 번민하고 사랑하고 아파한다는 것을

　　　　—「내가 잠들면」(『국어 선생은 달팽이』, 세계사, 1998) 부분

　인용 시에는 사람 대신 사전, 달력 속의 여자, 시계, 책상과 의자, 책, 양초, 옥상의 옷, 거울, 창밖 은행나무 같은 사물들이 등장한다. 그것들은 마치 사람처럼 깊은 상념에 잠기기도 하고, 자신을 반성하고, 춤을 추다 울기도 하고, 사랑을 확인하기 위해 싸우고, 시를 쓰고, 먼저 죽은 친구들을 생각하며 불면의 밤을 보내고, 악몽에 시달리고, 외로움을 견디지 못하고 창문을 열고 들어와 '내' 옆에 눕기도 한다. 아침이면 "사물들은 모두 제자리"로 돌아가 아무렇지도 않은 듯 있지만 시인은 안다. 그들이 얼마나 "치열하게 숨 쉬고 번민하고 사랑하고 아파"하는지. 그것을 아는 시인은 몸소 그 사물들이 되어 그들의 괴로움을 대신 토로하는 사람이 되고자 한다.

　함기석의 청소년시집 『수능 예언 문제집』을 읽으면서 다시 한번 시인의 자리를 생각해 보게 된다. 시인은 청소년과 한 발 떨어져 그들에 관한 시를 쓰는 사람이 아니다. 청소년들의 삶 속으로 들어가 그들의 아픔을 함께하는 사람이다. 그럼으로써 청소년들이 자신이 선 자리에서 얼마나 괴로워하는지, 또 얼마

나 방황하고 얼마나 고독해하는지, 살아가기 위해 얼마나 치열하게 숨 쉬고 번민하고 사랑하고 아파하는지를 숨김없이 보여 준다.

2

'수능 예언 문제집'이라는 다소 도발적인 제목이 말해 주듯이 시집은 '입시 지옥'에서 살아가는 청소년의 삶을 그리고 있다. 입시 수험생의 삶이 팍팍하고 고단하다는 것을 모르는 이는 없을 것이다. 그것은 우리에게 새삼스러운 일이 아니며, 너무 많이 다루어져 일견 상투적인 소재에 불과하다고 볼 수도 있을 것이다. 그렇다면 수험생의 삶을 그리고 있는 함기석의 시는 그저 그렇고 그런 느낌을 주는 식상한 시에 불과할까?

오전 8시, 마시면 배탈 설사 나는 흰 우유 같고

오전 9시, 시험지는 이상하고 커다란 글자의 늪 같고

오전 10시, 문장들은 끊어지지 않는 길고 매운 쫄면 같고

오전 11시, 아는 문제 하나 없어 텅 빈 운동장만 쳐다보고

아아 12시, 햇살은 선인장 가시처럼 살을 콕콕 찌르고

오후 1시, 난 창가에 널려 빼빼 말라 가는 멸치 같고

오후 2시, 넌 졸리고 지쳐 하품하는 입 큰 영국 하마 같고

오후 3시, 우린 빈혈을 앓는 환자처럼 하늘땅 뱅뱅 돌고

오후 4시, 끝났지만 영원히 끝나지 않을 전쟁 같다
　　　　　　　　　　　　　　　—「모의고사 보는 날」 전문

　　모의고사 보는 날의 하루 일과를 시간 단위로 분절하여 그리
고 있는 이 시는 수험생이 느끼는 압박감의 실체를 손에 잡힐
듯 보여 준다. 이 시집의 1, 2부에 실린 시들은 입시 지옥에 내
던져진 채 혹독한 형벌을 견디고 있는 청소년의 황량하고 서글
픈 내면을 잘 보여 준다.
　　「우울해서」에 등장하는 시적 화자는 '전국 모의고사'를 "전
국이 모의해서 고등학생을 사망시키는 날"이라 정의한다. 그
는 모의고사를 끝내고 우울해서 친구들과 고깃집에 갔다가
"식당 갈고리에 걸린" 고기를 보며 자신을 "9등급 고깃덩어리
같"다고 자조한다. 수능 백 일을 앞둔 '나'는 육체만 인간일 뿐

정신은 '인공 기계'에 불과하다고 느끼는 존재이며(「공각 기동대」), "세상의 모든 시험에서 만점을 맞게 해" 준다면 '영혼 매매 계약서'에 당장이라도 서명을 불사하고 싶은 존재이다(「영혼 매매 계약서」, 「페르소나」). 어디 그뿐인가. '나'는 날개를 달고 상승하는 존재이기보다는 "밑으로/밑으로" "계속 침몰"하는 존재이며(「엘리베이터」), "똑같은 계단을 똑같은 동작으로/수십 번 수백 번 반복해서 오르락내리락" 하는 "무기수 같"은 '개'에 비유되기도 한다(「시베리아허스키」). 지평선 너머로 지는 노을을 보며 아름다움을 느끼기는커녕 "밑으로 떨어지지 않으려고/바들바들" 떠는 자화상을 보기도 한다(「턱걸이」). 입시 스트레스로 불면증과 공황 장애를 겪으며 자살 상담 전화번호까지 검색하던 '나'이지만(「공황 장애 진단 테스트」, 「전화해 볼까」), 막상 수능을 치르고 나자 다가오는 것은 깊이를 가늠할 수 없는 허탈감이다(「결전의 날」). 이렇듯 수험생의 삶은 처음부터 끝까지 지옥도가 펼쳐지는 '사막 위의 생'으로 인식된다.

그러나 이 시집이 온통 절망과 좌절만을 그리고 있는 것은 아니다. 단지 거기서 멈추지 않는 미덕을 내장함으로써 시적 깊이를 더한다.

수도꼭지다
말은
입에서 흘러나오는 물

어떤 수도꼭지에선

맑은 물 대신

새빨간 녹물이 콸콸 쏟아진다

　　　　　　　　—「입은」 전문

　자신의 삶을 '사막 위의 생'이라 인식하는 존재들은 무례하
고 무딘 감성을 지닌 존재들에게 이렇게 날카로운 반감을 드러
내기도 하지만, 한편으로는 누군가에게 건네고 싶은 보드랍고
연한 마음을 내면 속에 숨겨 두기도 한다. 학부모 공개 수업을
'물개 쇼'로 풍자한 「물개 동물원」이나 선생님들과 공감하는
내용을 담은 「방탄 축제」에는 어른을 향한 조롱보다 연민의 마
음이, 가족의 모습을 그린 「저녁의 수채화」나 「저녁 항구」, 우
정과 이성에 대한 감정을 소재로 한 「소개팅」, 「질투」, 「사랑」
같은 작품에는 청소년다운 풋풋함과 발랄함이 드러나 있다. 이
런 시에 드러나는 청소년 특유의 감성은 '사막 위의 생'을 견디
는 그들의 힘이 결국 자신의 내부에서 비어져 나오는 '물기'에
의지하고 있음을 보여 준다. 그 물기는 때론 사막 같은 현실 속
에 감추어진 환상의 세계와 연결되어 좀 더 발랄한 '생기'로 전
이되기도 한다.

　학교로 가는 823번 버스를 기다리는데

19번 버스가 들어온다

앞문이 열리고 버스 기사가 어서 타라고 손짓한다

기사는 메이저 리그 야구 모자를 쓴 백발 할머니다

버스 맨 뒷자리에 먹구름이 앉아 있고

그 앞에 두호랑 도경이가 다정히 앉아 있다

중간엔 오렌지나무가 서 있고

나뭇가지에 깃털이 노란 새 한 쌍 앉아 있다

(중략)

우리가 얼른 올라타자 버스는 물새처럼 날개를 펼치더니

호수 위를 신나고 빠르게 달린다

물결 따라 은빛 물고기들이 제트 스키처럼 쌩쌩 날고

차창으로 들이치는 물보라에 얼굴이 함빡 젖은 채

나는 기사 할머니에게 큰 소리로 묻는다

할머니, 이 버스 어디까지 가요?

네가 상상하는 곳, 이 세상 끝까지!

—「이상하고 신기한 버스」 부분

'나'는 학교 가는 버스를 기다리다 "메이저 리그 야구 모자를 쓴 백발 할머니"가 운전하는 "이상하고 신기한 버스"를 타게 된다. Maroon 5의 노래 「Maps」가 흘러나오는 버스는 '나'와 친구들을 싣고 낯선 외곽 도로를 타더니 비포장 시골길을 달려 사막에 데려다 놓는다. 사막에는 신기하게도 호수가 있다. 그 호수 위를 버스는 "물새처럼 날개를 펼치"며 신나게 달린다. "이 버스 어디까지 가요?" 묻자, "네가 상상하는 곳, 이 세상 끝까지!"라는 멋진 대답이 돌아온다.

이 시는 '사막 위의 생'을 살아가는 수험생의 삶이 단지 암울함과 좌절만으로 점철된 것은 아니라는 사실을 보여 준다. 마치 사막 안에 푸른 오아시스가 숨겨져 있듯이 그들의 내면에는 저마다의 오아시스가 숨겨져 있다. 그들은 끝없이 괴로워하고 방황하고 고독해하지만, 또한 그곳에서 어떻게든 숨구멍을 열어 치열하게 숨 쉬고 번민하고 사랑하고 아파하며 인간다운 호흡을 해 보려 애쓴다.

3

청소년들의 내면에 잠재된 '물기'는 삭막한 사막에서 그들 자신을 일으켜 세우는 힘이 되기도 하지만, 자신의 외부에 있는 사물과 이웃들을 껴안는 온기가 되기도 한다. 이 시집에는 입시 지옥에서 살아가는 수험생들의 삶뿐 아니라, 약자의 처지에서 죽음을 맞이하는 동물들이나 예기치 않은 재난으로 목숨을 잃은 존재들도 그려지고 있다.

기적의 도서관, 나무 벤치 밑에 참새가 죽어 있다
잠자는 것 같다

자면서 땅에 귀를 대고
땅속의 지렁이 발소리 듣는 것 같다
지하수 물소리 듣는 것 같다

나무뿌리들 소곤거리는 소리
흙이랑 돌멩이랑 속닥속닥 떠드는 수다 소리

엄마 두더지가 잠 안 자는 새끼 두더지에게
달달한 사탕 자장가 불러 주는 소리

귀담아듣는 것 같다
나는 참새의 예쁜 잠이 깨지 않도록
나뭇잎 한 장 가만히 덮어 주고 돌아서는데

재잘재잘 까르르, 도서관 지붕 위 하늘로
노란 물감처럼 번지는 아이들 웃음소리

아, 기적이 일어났으면, 참새야
수경 언니가 다시 살아나 돌아왔으면……

키다리 소나무 가지 끝에서 낮달이 젖은 눈으로

나를 내려다보고 있다

　　　　　　　　　　　　　　—「참새 잠」전문

　'나'는 나무 벤치 밑에 마치 잠자는 것처럼 누워 있는 참새 주검을 본다. '나'에게 참새는 죽은 사물이 아니라 자면서 작은 귀를 대고 땅속의 소리를 듣는 존재로 인식된다. 참새의 작은 귀가 듣는 것은 암흑만이 존재할 것 같은 땅속에서 울려오는 생명의 소리이다. 지렁이의 발소리, 나무뿌리들이 소곤거리는 소리, 엄마 두더지가 새끼 두더지를 재우는 자장가 소리. 그 소리들은 지상의 존재들은 알아들을 수 없는 주파수를 갖고 있지만, 노곤한 잠을 자는 참새의 귀에는 선명하게 들린다. 그뿐만 아니라 참새는 깊은 지하에서 흐르는 물소리와 무생물인 흙과 돌멩이가 서로 속닥거리는 소리까지 듣는다. 죽은 참새가 듣고 있는 지하의 소리들은 참새의 부활을 입증하는 증거이다. '나'는 참새가 "예쁜 잠"을 깨지 않도록 "나뭇잎 한 장"을 "가만히 덮어" 준다. 그때 적막을 깨듯 "까르르" "노란 물감처럼 번지는 아이들 웃음소리"가 들려온다. 그 웃음소리는 가슴에 묻고 사는 '수경 언니'의 죽음을 다시 떠올리게 하며, 언니에 대한 간절한 그리움을 증폭시킨다. 그런 '나'를 위로라도 하듯 "키다리 소나무 가지 끝에서 낮달이 젖은 눈으로/나를 내려다"본다.

이 시집에서 누군가의 죽음을 그린 시들은 이처럼 다른 누군가의 죽음으로 연결되고 변주된다.「참새 잠」에서의 참새의 죽음이 "6년 전 봄" 수경 언니의 죽음에 연결되듯,「성탄 전야」에서의 작은 고라니의 죽음은「「만종」 감상」의 밀레 그림 속 '아기'의 죽음을 연상시킨다. 또 그 아기의 죽음은「미술실에서」의 치매를 앓다가 돌아간 노인의 모습을 연상시킨다. 참새, 고라니, 아기, 치매 노인의 죽음이 다른 누군가의 죽음으로 연결되듯, 그것은 또한 그들 뒤에 남은 존재들의 마음에서 마음으로 이어진다. 이 시들은 누군가의 죽음에 대해 이야기한다는 것은 결국 '나'와 우리 둘레의 목숨 가진 것들에 대해 이야기하는 것과 다름없다는 것을 보여 준다.

3, 4부에 실린 '세월호'를 소재로 한 시들이 단지 의례적인 추모의 시로 읽히지 않고 '나'의 슬픔으로 육박해 오는 것도 그 때문이다. 그날 세월호에서 희생을 당한 학생이 화자가 되어 등장하는「교실엔 나 혼자」는 잔잔한 어조로 우리에게 더할 수 없이 먹먹한 슬픔을 안겨 주고,「슬픈 거인」은 그날의 참사가 안긴 쓰라린 통증에 괴로워하는 시인 자신의 육성이 그대로 묻어나 있어 우리에게 또 먹먹한 울림을 준다.

이곳은 고독의 유원지
사방이 열려 있어 사방이 철저히 폐쇄된

오리 배 동동 떠 있고
우르르 쾅쾅, 우르르 쾅 쾅 쾅

살려 달라고, 잠긴 배 문을 쾅쾅 두드렸을 아이들처럼
세차게 쏟아지는 사월의 캄캄한 비
　　　　　　　　　　　　　　　　　　—「슬픈 거인」 부분

4

　첫 시집 『국어 선생은 달팽이』부터 최근의 『디자인하우스 센
텐스』까지 함기석이 그동안 선보인 시집들은 발랄하고 환상적
이며 때로는 실험적인 모습을 보여 왔다. 그에 반해 이번 청소
년시집에서는 주로 청소년의 어두운 현실을 평이한 어법으로
그리고 있는 듯한 인상을 받게 되는 것이 사실이다.

　그러나 나는 『국어 선생은 달팽이』에서부터 보여 준 그의 시
적 기조가 이 시집에도 여전히 이어지고 있다고 생각한다. 굳
이 말하자면 함기석은 청소년시를 선보이기 훨씬 이전부터 완
고한 학교(세계)의 벽에 언어로 구멍을 내어 온 시인이다. 이
청소년시집에도 인용된 「하모니카 부는 참새」는 그의 시가 궁
극적으로 무엇을 지향하는지를 우리에게 명확히 보여 준다. 그
는 완고한 세계에 갇힌 청소년들의 부자유함에 누구보다 민

감한 시인이었고, 그들 내면에 숨어 있는 오아시스를 발견해 내기 위해 자신의 촉수를 부지런히 움직이는 시인이었다. 「이 상하고 신기한 버스」에 인용된 「Maps」 가사의 한 대목 "I was there for you/In your darkest times"는 시인의 그런 마음을 대 변하는 말이라 해도 좋을 것이다.

함기석은 「하모니카 부는 참새」에 나오는 '참새'를 닮았다. 입시 지옥에서 살아가는 청소년들을 위하여 손수 수능 문제를 예언하는 문제집을 펼쳐 보인 시인의 눈과 촉수가 앞으로도 계 속 청소년들 곁에 함께 머물기를 기대한다.

시인의 말

　요즘 들어 학생들을 대상으로 하는 강의가 잦아졌다. 까불까불 장난기 섞인 말투로 다가오는 녀석들도 있지만 얼굴에 그늘이 짙게 드리워진 아이들도 많다. 특히 고등학교 소규모 모임 자리에서는 불안한 자기 속내와 억눌린 감정을 풀어놓는 친구들도 있다. 그때마다 아이들 가슴에서 내가 본 것은 넓고 푸른 바다가 아니라 눅눅한 늪지였다.

　왜 아이들 가슴에 어두운 늪지가 들어선 것일까. 가장 큰 것은 눈앞의 성적과 대입이라는 무거운 현실이었다. 피해 갈 수 없는 난관 앞에서 느끼는 심리적 압박감과 불안 때문이었다. 겉으로는 웃고 있지만 속으로는 절망하고 방황하고 있었다. 어른들이 만들어 놓은 캄캄한 미로 속에 던져진 채 막막한 눈빛으로 한 줄기 구원의 빛을 기다리고 있었다. 뾰족한 묘수를 던져 줄 수 없어 그때마다 나는 몇 편의 시를 들려주곤 했다.

　최근 몇 년간 개인적으로도 혹독한 입시 전쟁을 치르고 있다. 두 아이가 너무나 안쓰럽다. 청소년시를 쓰면서 어른으로서의 자책과 반성이 더 커졌다. 하지만 사적 성찰보다 중요한 건 이 땅의 청소년들이 직면한 현실에 대한 냉철한 직시와 해

부였다. 아이들이 직면한 문제, 불안한 마음과 정신적 파탄을 사실적으로 드러내는 일이었다. 시에 이 모든 걸 담을 수는 없지만 적어도 아이들 편에서 공감하려 했다.

학교 안팎에서 청소년들에게 이중 삼중으로 가해지는 스트레스, 사랑이라는 허울로 자행되는 공동체의 암묵적인 폭력, 사회적 관점과 교육적 시각에서 드러나는 청소년들의 암울한 현실을 은폐하거나 예쁘게 포장하는 건 또 한 번 그들을 기만하는 행위일지 모른다. 수면에 활짝 핀 연꽃의 아름다움만 그리고 어두운 바닥에서 연뿌리가 겪는 고통을 놓쳐서는 안 된다고 나는 줄곧 생각했다.

이 책에 등장하는 두호, 도경, 현이, 영교 들은 우리 청소년들의 초상이다. 그들에게 말해 주고 싶다. 혹시 지금 말 못 할 슬픔에 빠져 있다면 너무 절망하지 말라고. 눈앞의 장밋빛 성공이 먼 미래의 꿈과 비전을 반드시 보장하는 것도 아니고, 눈앞의 먹구름 낀 암울한 성적표가 미래의 꿈과 희망을 좌절시키는 것도 아니니까. 세상엔 그 반대 사례가 너무도 많으니까. 오늘 밤 어둠이 깊을수록 내일 아침 지평선 위로 떠오르는 태양 빛은 더욱 밝고 눈부시니까.

2020년 12월
함기석

창비청소년시선 32

수능 예언 문제집

초판 1쇄 발행 • 2020년 12월 18일
초판 2쇄 발행 • 2023년 6월 14일

지은이 • 함기석
펴낸이 • 강일우
편집 • 한아름 박문수
펴낸곳 • (주)창비교육
등록 • 2014년 6월 20일 제2014-000183호
주소 • 04004 서울특별시 마포구 월드컵로12길 7
전화 • 1833-7247
팩스 • 영업 070-4838-4938 / 편집 02-6949-0953
홈페이지 • www.changbiedu.com
전자우편 • contents@changbi.com

ⓒ 함기석 2020
ISBN 979-11-6570-041-6 44810